O TEMPO DE CADA UM

CIP-BRASIL. CATALOGAÇÃO NA FONTE
SINDICATO NACIONAL DOS EDITORES DE LIVROS, RJ

P118t Pacheco, Clarice
O tempo de cada um : obra póstuma / Clarice Pacheco.
- Porto Alegre, RS : AGE, 2003

ISBN 85-7497-163-4

1. Novela brasileira. I. Título.

CDD 869.93
CDU 821.134.3(81)-3

Clarice Pacheco

O TEMPO DE CADA UM

Obra póstuma

2

AGE EDITORA

PORTO ALEGRE 2003

Capa:
Violeta Gelatti Lima

Diagramação:
Lauri Hermógenes Cardoso

Supervisão editorial:
Paulo Flávio Ledur

Editoração eletrônica:
AGE – Assessoria Gráfica e Editorial Ltda.

EDITORA AGE LTDA.
editoraage@editoraage.com.br
Rua Dr. Ramiro d'Ávila, 20, conj. 302
Fone (51) 3217-4073 – Fax (51) 3223-9385
90620-050 Porto Alegre, RS, Brasil
www.editoraage.com.br

DISTRIBUIDORA AGE
vendas@editoraage.com.br
Rua José Rodrigues Sobral, 230
Fone (51) 3339-2952 – Fax (51) 3352-0375
91510-000 Porto Alegre, RS, Brasil

Impresso no Brasil / Printed in Brazil

À nossa terna, encantadora e
inesquecível filha Clarice, que,
há mais de treze anos, vem nos
envolvendo com sentimentos
mais perfeitos e verdadeiros.

Os pais

Para todas as pessoas que buscam o entendimento da vida além dos sentidos.

Os pais

APRESENTAÇÃO

Hoje entendemos que, desde sempre, já estava predeterminado como tudo iria acontecer. Durante todo o tempo, pressentíamos que algo especial transformaria nossas vidas. Impossível precisar o que e quando, mas vivíamos esperando o grande acontecimento. E de repente, percebemos que, inexplicavelmente, tudo já havia se passado e de um jeito mágico, mais parecendo uma história inventada, em que a protagonista era uma personagem imaginária. Mas o fato é que aconteceu de verdade, e assim:

Era mês de fevereiro quando tudo começou e, ao alvorecer de um belo dia, muito ensolarado e límpido, nasceu uma graciosa menininha, trazendo consigo muita luz à vida de seus pais. Fora tão desejada e esperada! Deram-lhe o nome de Clarice e decidiram que seria a única e que tudo fariam para que fosse imensamente feliz. Desde logo perceberam quão expressivo era o seu olhar, que parecia imantado, e transmitia, ao mesmo tempo, uma combinação de ternura, serenidade e paz. Com o decorrer dos dias e dos meses, os pais foram sendo invadidos por uma felicidade nunca antes experimentada.

Ainda muito pequena, evidenciava possuir uma inteligência incomum, querendo sempre saber e conhecer o como e o porquê de tudo. Em todos os momentos ocupava-se imaginando, criando ou inventando algo, pois já trazia dentro de si um entendimento e uma sabedoria acerca das coisas, desde as mais simples às mais complexas. Clarice crescia amada intensamente, ao que retribuía dizendo com freqüência o quanto era feliz.

Depois veio o tempo de ir à escola. Era extremamente estudiosa e dedicada, parecendo ter pressa em aprender. Adorava os professores e os coleguinhas. Fez muitas amizades, várias delas iniciadas nas salas de aula. Com eles costumava encontrar-se regularmente para estudar, brincar e passear. Com muito entusiasmo, dedicou-se ao estudo da música e do canto, ingressando também num curso de língua inglesa. Planejava sempre a iniciação em diversos cursos, capazes de proporcionar-lhe conhecimentos outros, além daqueles que já possuía. Desde que aprendera a ler, este era seu entretenimento predileto e, aos poucos, ia adquirindo os próprios livros e montando sua biblioteca. Dizia repetidas vezes querer ser médica e escritora no futuro.

Mais adiante, preparou-se para a Primeira Comunhão e para a Consagração de Apóstola de Maria. Era devota de Nossa Senhora e de Santa Clara. Desde cedo demonstrava ser dotada de sentimentos especiais, dentre os quais se ressaltava o da solidariedade. Especialmente sensível e muito atenta ao que se passava a seu redor, estava sempre disposta a auxiliar os outros no que fosse possível, desde uma conversa amiga até suprir com algum recurso alguém necessitado. Clarice também adorava ouvir músicas, entre elas Mother, *de John Lennon, uma de suas preferidas. Seu computador, desde os seis anos, era o companheiro de todas as horas, para brincar e escrever. Tinha um grande amor por seus cãezinhos, Floquinho e Pluminha. E seguia repetindo que, por tudo isso, era muito feliz.*

Por essa época, os problemas de saúde já existentes começaram a agravar-se e, com eles, as preocupações se agigantaram. Os pais tudo faziam para recuperar a saúde da filha, sem, contudo, alterar a rotina das atividades diárias, numa tentativa incansável de manter a vida o mais próximo possível da normalidade.

Algum tempo depois, a doença evoluiu rapidamente e Clarice ficou impossibilitada até de ir ao colégio. Então, entristeceu-se de um jeito jamais visto. E vieram os dias e as noites em que mergulharia em profundas reflexões sobre o universo, a humanidade e o mistério que a tudo organiza. Queria compreender a essência e a onipotência de uma força superior, bem como a possibilidade de uma vida melhor, mais verdadeira e sem sofrimentos. Em todos os instantes lia e escrevia muito, mantendo-se incessantemente envolvida com suas anotações. E era lamentável, porque os fatos se sucediam de tal forma, que aos pais só restava esperar por uma entre duas alternativas: ou a medicina, que diziam estar muito avançada, proporia um tratamento realmente eficaz; ou aconteceria um milagre, como aqueles descritos nos relatos bíblicos.

Mas o tempo transcorria rapidamente e, quando se aperceberam, o coraçãozinho da sua preciosa filha já esta-

va parando de bater. E haveria de ser muito grande a tristeza dos pais.

Chegou, então, o momento em que, embora imersos na dor e na saudade, os pais tiveram de organizar o quarto e os objetos pessoais da amada filha. E para o seu espanto, depararam-se com um vasto material literário, que incluía poesias, contos, crônicas, histórias em quadrinhos e outras narrativas, todos produzidos com muito esmero pela própria filha e, ao que tudo indica, a maior parte deles, no período mais crucial da sua existência. Assim, inundados por imenso amor, zelo e respeito, prepararam tudo para, só então, apresentá-los ao mundo.

Por fim, a tudo compreenderam: tiveram o privilégio de compartilhar cada instante de suas vidas, ao longo de treze anos, do nascer ao partir, com alguém muito especial, que parecia ser um pouco humano e um pouco divino, talvez mais divino do que humano, e que deixou registros maravilhosos, os quais serviriam de alento para seus pais seguirem vivendo.

E foi exatamente assim como tudo aconteceu. Por tudo isso que passamos, somos hoje outras pessoas e percebemos o mundo de modo diferente. Com a intuição mais apurada, nossos sentidos ampliaram-se consideravelmente e alcançamos uma certeza: a de que estamos fortemente ligados por um vigoroso e infinito amor à nossa querida Clarice, que continua vivendo, agora em plenitude.

Com uma admiração imensa e profundamente emocionados, apresentamos esta segunda obra póstuma, na qual a autora expressa com clareza, em seus primorosos escritos, o encantamento das verdades eternas.

O Tempo de Cada Um foi copiado de um disquete que a autora preparou com base na versão manuscrita. Para preservar integralmente as idéias originais, não foram feitas revisões literárias.

Os pais
Abril de 2003

Sumário

1

Na cidade

Felipe escovava os dentes em frente ao espelho. Mal podia esperar para conhecer a nova escola. Ele havia vindo de outra cidade por causa do emprego do pai. Estava se adaptando à vida agitada das grandes aglomerações urbanas e lá seria seu primeiro dia no novo colégio.

Era uma linda manhã de março. Felipe, do banco da frente do carro, observava com entusiasmo a paisagem passando a sessenta quilômetros por hora, através do vidro da janela, diante do seu nariz.

– Pai! Que prédio enorme é aquele?

– É um chamado *arranha-céu*, filho. Geralmente são prédios comerciais, de consultórios ou escritórios. São muito comuns nas grandes cidades.

Felipe estava fascinado. Na pequena cidade do interior onde nascera e morara por treze anos, não havia nada disso. Arranha-céus, aeroportos, *shoppings*, tudo era novidade.

O carro estacionou em frente à escola. "Escola grande", segundo Felipe. Despediu-se do pai e correu escadaria acima, com a mochila balançando e batendo em suas costas em movimentos rítmicos. Andou, andou, andou, até que se deparou com uma porta bem pintada com uma plaqueta, onde dizia "Oitava série – Manhã". Entrou. A professora ainda não estava. Sentou no fundo da sala, ao lado de uma menina de cabelos pretos lisos e reluzentes, pele branca como queijo e olhos azuis penetrantes. Muito bonita.

– Posso... ah... me sentar aqui? – perguntou Felipe.

– Pode sim – respondeu a menina sem tirar os olhos do caderno que tinha aberto diante de si.

– Obrigado... ah... como você se chama?

– Mônica. E você, como se chama?

Pela primeira vez, olhou-a nos olhos, seu olhar azul-celeste era tão profundo, que Felipe, por um milésimo de segundo, sentiu-se desconfortável. Mas logo o desconforto transformou-se em uma estranha sensação de timidez e felicidade repentinas.

– Felipe – respondeu ele hesitante.

– Você é novo no colégio? – indagou Mônica com delicadeza.

– Sou. E você?

– Também. Minha mãe me tirou do outro porque estava muito caro.

A conversa seguiu. Felipe foi contando que veio do interior; Mônica contou que sofria de uma grave doença cardíaca. Felipe comentou o quanto a cidade o havia fascinado e Mônica falou que tinha poucos amigos. Felipe então contou como era sua vida na cidadezinha interiorana e Mônica ia dizer algo que foi interrompido pela chegada da professora de Ciências. A partir daí, a aula seguiu normalmente.

Eram exatamente dez horas da manhã quando tocou o sinal que anunciava o início do recreio. Todos saíram imediatamente e dirigiram-se a passos largos para o pátio. Os corredores ficaram tumultuados de alunos de todas as séries transitando, lanchando, brincando, conversando, correndo, enfim, um recreio típico de uma escola normal no seu primeiro dia letivo. Felipe foi caminhando para o pátio, de sanduíche na mão. Nas escadas, ouviu alguém chamar seu nome. Olhou para cima...

– Ia se esquecendo de mim, é? – perguntou Mônica, com um sorrisinho maroto nos lábios.

Desceu as escadas e foi ao encontro de Felipe.

– Puxa, me desculpe – respondeu Felipe com um certo constrangimento.

– Amigos costumam esperar os amigos! – disse Mônica sorrindo.

Felipe não sabia que, ao dizer isso, Mônica já o considerava seu amigo. Eles só haviam se falado no início da aula.

– Ah! Desculpe-me! Você deve estar estranhando, não é mesmo? Mal conversamos uma vez só e eu já o chamo de amigo! Não leve a mal, é que eu quase não tenho amigos, como já lhe disse. As pessoas que têm poucos amigos costumam ficar muito felizes quando alguém lhes dá atenção, e isso é o suficiente para chamar essa pessoa de amigo – explicou Mônica com o mesmo sorrisinho simpático.

Realmente, ela era muito simpática. E Felipe era extremamente tímido.

– Deixa pra lá! Vamos para o pátio! – disse Felipe tentando mudar de assunto e caminhando rapidamente na frente dela.

– Ei! Espere, Felipe! Eu não posso ir muito rápido por causa do meu problema no coração! Já lhe disse isso! – falou Mônica com sinceridade.

– Desculpe. Vamos lá, ainda têm uns degraus para subir para a cancha de esportes. Eu te ajudo! – disse ele pegando na mão dela para servir de apoio, evitando que ela cansasse muito.

Felipe nem sabia de onde tinha tirado coragem para fazer aquilo. Ele só sabia que de repente tinha dado uma vontade inexplicável de ajudá-la.

– Obrigada! – disse Mônica intimidada.

De mãos dadas, subiram as escadas e sentaram num banco perto dos balanços.

– Você é muito gentil! – comentou ela após alguns minutos de silêncio.

– Obrigado. Você também! – disse Felipe, corando com o elogio.

– Você tem irmãos? – perguntou ela como que mudando de assunto.

– Não. E você?

– Não também. Acho que é sorte, pois mamãe ia se desgastar muito cuidando de dois, já que eu tenho cuidados especiais pelo meu problema. Você sabe!

– Eu gostaria de ter um irmão mais velho. Mas que ele não me batesse! Eu que bateria nele!

– Ahahah! Só você mesmo, Felipe!

A conversa fluiu descontraidamente até o final do recreio. A aula que veio a seguir foi novamente normal. Finalmente o sinal anunciou o término da aula, pelo menos por aquele dia. Na saída, mais tumultuada que o recreio, Mônica foi falar com Felipe na porta da sala de aula.

– Você pode me dar seu telefone? – perguntou ela com a agenda e a caneta nas mãos.

– Posso sim! – respondeu Felipe gentilmente.

Felipe estava feliz. Afinal, já tinha conseguido uma amiga no primeiro dia. Mônica pensava a mesma coisa. Felipe deu seu telefone e Mônica deu o dela. Ele ficou quinze minutos esperando o pai, sentado na escadaria da entrada do colégio, conversando com ela sobre as férias. Tinham tido um ótimo verão e agora ter mais um ano de aulas pela frente desanimava-os. Finalmente o pai chegou, Felipe entrou no carro acenando. Estava satisfeito. O fato de ter trocado de cidade e ter de vivenciar experiências totalmente novas na cidade grande amedrontava-o. Mas ficou tranqüilo por saber que as pessoas da cidade grande não eram tão diferentes dele afinal.

2

Preparativos

Enquanto fazia a lição, Felipe pensava o quanto não deveria ser difícil para Mônica ter um problema cardíaco. Ela, uma menina de forte personalidade e idéias originais, era privada de tantas coisas, como fazer força, correr, subir escadas, ficar muito tempo em pé e mais um monte de coisas que a impediam de ter uma vida normal. Ele também não entendia como uma menina tão legal e inteligente como ela quase não tinha amigos. Felipe não percebia, mas pensava nela o tempo todo. Na próxima semana seria seu aniversário, estava contando os dias para a festa. Estava imaginando os balões, a música, o clima festivo, as luzes coloridas, os docinhos, os presentes, quando percebeu que, se não parasse de pensar logo, ia acabar ficando tarde demais para fazer os deveres, então voltou para os advérbios, equações de segundo grau com uma incógnita, estados físicos da matéria e outras coisinhas difíceis e chatas.

Os dias que se seguiram foram normais. Felipe e Mônica sempre conversando, os professores sempre ensinando coisas incompreensíveis e Felipe esperando ansiosamente pelo seu aniversário.

Até que chegou o dia de dar os convites. Era quarta-feira, a festa seria no próximo sábado. Felipe distribuiu-os para toda a turma. Ainda não tinha arrumado outros amigos, pois fazia apenas um mês que as aulas haviam iniciado, mas era simpático com todos e convidou todo mundo.

– O que você quer de aniversário? – perguntou Mônica uns dias antecedentes à festa.

– Qualquer coisa! Quer uma sugestão? Eu gosto muito de música. Mas pode ser qualquer coisa!

– Gosta mesmo de música? Eu quero dar algo que você aproveite!

– Para mim pode ser qualquer coisa mesmo!

– Está bem! Vou dar alguma coisa que combine com você! – explicou Mônica sorrindo.

– E o que vai ser? – perguntou Felipe.

– Deixa de ser curioso! Você vai saber no dia! – respondeu Mônica com simplicidade.

– Está bem... – disse Felipe meio desanimado, pois ele adorava ganhar presentes.

Finalmente, era sábado de manhã. Às vinte horas começaria a festa. O pai estava no salão de festas ajeitando as luzes e o som. A mãe estava na cozinha terminando os docinhos. Felipe estava no quarto pensando em como seria legal. Seria uma oportunidade de enturmar-se mais com os novos colegas; ia poder dançar com Mônica... Pensando, ele adormeceu com a cabeça no travesseiro. Mais tarde, acordou com o pai sacudindo-o.

– Filho, já é meio-dia! Sua mãe está chamando para almoçar.

– Pai, deu para arrumar as luzes e o som?

– Deu sim, filho! Está tudo pronto. Sua festa vai ser um sucesso! Sabe aqueles CDs que você queria para tocar na festa?

– Aqueles que eu queria comprar só por causa de hoje?

– Isso mesmo, filho! Eu consegui comprar três dos quatro que você pediu.

– Comprar? Legal! Qual que faltou?

– Faltou aquela coletânea de *pop-rock*. Estava em falta na loja. Me informaram que só vão recebê-la na semana que vem. Mas o Senhor Fernando, dono de uma locadora, próxima daqui, disse que tem o CD, só que foi alugado e devolvem hoje à noite. Daí eu vou até lá. Não faz mal que a festa já tenha começado!

– O almoço está servido! – avisou a mãe.

Felipe e o pai foram almoçar.

3

A FESTA

Eram quase vinte horas. Felipe estava ansioso no salão de festas esperando os convidados. De repente, toca a campainha. Felipe correu para atender.

– Oi, Felipe! – disse um garoto baixinho, ruivo, de óculos, muito tímido e sem jeito. – Eu sou o Gabriel. Muito obrigado por ter me convidado para sua festa. Feliz aniversário!

E estendeu um pacote azul embrulhado muito caprichosamente.

– Oh! Obrigado, Gabriel! Entre, você é o primeiro a chegar. Podemos ficar conversando um pouco ou ouvir música!

– Por mim, tanto faz!

A campainha tocou novamente.

– Quem será agora? – perguntou Felipe, curioso.

Felipe correu para abrir a porta quando, de repente, pára, de súbito. Mônica dá uma risada. Ela estava linda de calça *jeans*, camiseta de grife e colete. Bem mais bonita do que com o uniforme do colégio.

– Mônica, eu... – sibilou Felipe.

– Feliz aniversário! – disse Mônica, animada.

Mônica estendeu um pacote para ele, com um cartãozinho. Felipe não sabia se abria o pacote ou lia o conteúdo do cartão. Resolveu ler primeiro. Dizia o seguinte: "Ao meu querido e melhor amigo, com muito carinho da sua eterna amiga, Mônica". Ao ler isso, Felipe engoliu em seco. Só conseguiu fazer um sinal para que Mônica entrasse. Não parava de repetir mentalmente as palavras "querido e melhor amigo" e "eterna amiga". Lá dentro, abriu o pacote e sentiu-se mais estranho ainda ao ver o que era: um CD de música romântica. Então lembrou-se de quando ela disse: "Vou dar alguma coisa que combine com você". Não! Ela não estava insinuando que ele era romântico, estava? Mas não, amigos não acham isso de amigos, só namorados. Ao perceber isso, Felipe sentiu um calor estranho, seu coração disparou e ele se sentou um pouco para se acalmar.

– Gostou do presente? – indagou Mônica com aquele seu sorrisinho.

– Gostei muito! – foi só o que Felipe conseguiu dizer.

– Você é o...? – perguntou Mônica para Gabriel.

– Eu sou Gabriel. E você?

– Mônica! O que você deu para o Felipe?

– Um livro de aventuras. Minha mãe comprou.

– Felipe? – chamou Mônica. – Está tão quieto! Entra na conversa, vamos!

– E sobre o que vamos falar? – perguntou Felipe, mais calmo.

– Não sei! Quem mais você convidou além da gente? – perguntou Mônica, entusiasmada.

– Todos os colegas da aula! Não conheço muito bem nenhum além de você – disse Felipe, servindo-se de refrigerante.

– Já pode comer? – perguntou Gabriel com a mão em um docinho.

– Já! – exclamou Felipe, entre dois goles de guaraná.

– Oba!!! – disseram Gabriel e Mônica ao mesmo tempo.

– Você é legal! – disse Gabriel com a boca cheia de brigadeiro.

– Coloca uma musiquinha para dar mais clima de festa! – sugeriu Mônica para Felipe.

Felipe achou uma boa idéia e colocou um CD do Sting. A música mal tinha começado quando tocou a campainha. Lá foi ele atender a porta. Desta vez, eram Flávia e Marina. Os convidados foram chegando aos poucos. Logo, a festa estava cheia. Já eram vinte e uma horas quando Felipe lembrou do CD de *pop-rock* que iam devolver na locadora e que ele pretendia ir buscar.

– Me esperem um instante, sim? – pediu Felipe a Mônica e Gabriel, que estavam conversando com ele.

Felipe saiu do salão, entrou no elevador e bateu na porta do seu apartamento.

– Sim! Oi, filho! – atendeu o pai. – Está tudo bem lá na festa?

– Pai, o senhor já foi pegar o CD na locadora?

– Ah! Ainda bem que você me lembrou! Deixa só eu pegar a chave que...

– Não, pai! – interrompeu Felipe. – Não precisa ir até lá! Deixa que eu vou! É só me dar o endereço! Eu sei que fica aqui perto.

– Não, filho! É perigoso um garoto da sua idade na rua à noite, ainda mais numa cidade grande! Eu vou!

– Ah, pai! Já tenho quatorze anos! Você não confia em mim?

– Confio, mas não quero que você corra riscos!

– Ah! Que droga! Eu nunca posso fazer nada! – reclamou Felipe.

– Chega, filho! Felipe, não insista!

– Belo pai você é! Quer que eu confie em você, mas você não confia em mim!

– Ah, meu Deus! Está bem! A locadora é no próximo quarteirão, é só atravessar uma rua descendo a avenida em direção ao mercado. Mas cuidado, não vá se perder. Se vir alguém suspeito, vá para perto de alguma loja, mas não diga nada nem demonstre medo. E diga para o Senhor Fernando que eu pago depois pelo aluguel, pois eu não deixo você sair com dinheiro! – disse o pai em tom autoritário.

Após dadas as recomendações, Felipe voltou para a festa e o pai entrou em casa suspirando algo do tipo "acho que eu não devia".

– Gente! Querem ir comigo? – perguntou Felipe eufórico, indo na direção de Mônica e Gabriel.

– Ir aonde? – indagou Gabriel.

– Eu vou pegar um CD na locadora! Querem ir comigo?

– Eu não sei... – disse Gabriel. – Minha mãe não deixa eu sair à noite sozinho.

– Eu quero ir! – falou Mônica alegremente.

– Então vamos! Logo estaremos de volta.

Felipe e Mônica saíram conversando animadamente.

– É muito longe daqui? – perguntou ela.

– Não, Mônica, é na próxima quadra.

– Estou com um pouco de medo, Fê! – comentou Mônica em voz baixa.

– Fê?

– É! Posso te chamar assim?

– Pode, claro! Olha que legal ali! – disse ele mudando de assunto. – Olha que legal o morro das transmissoras de televisão! Bem iluminado!

– É mesmo! – concordou Mônica.

Eles caminharam um pouco e atravessaram a rua em silêncio.

– Rrrr!!! Au! Au! Rrrr!!!

Ouviram o ruído de um cachorro rosnando.

– O que foi isso? – perguntou Mônica, assustada.

– Não sei! De onde veio? – indagou Felipe com a voz trêmula.

Eles olharam para todos os lados quando, de repente, Mônica solta um grito de pavor.

– O que foi? – perguntou Felipe, quase gritando!

– Ali!

Mônica apontou para perto de um muro, de onde um enorme cão preto de dentes à mostra babava e rosnava furiosamente para os dois.

– E ele está babando! Isso significa que ele pode estar com raiva! Fuja Mônica!

– Ahhh! Não! Socorro! – sussurrou desesperada.

Ela instintivamente agarrou o braço dele quando o cão começou a correr em sua direção. Felipe não hesitou, pegou-a pela mão e começaram a correr na direção contrária da qual estavam indo. Correram, correram, correram, e o cão feroz sempre atrás, rosnando e latindo.

Enquanto isso, na festa, ninguém havia notado a ausência deles; só o pai de Felipe, que começou a preocupar-se com a demora e até a arrepender-se por têlo deixado sair.

Os dois corriam, mas o cachorro não desistia de querer atacá-los.

– Ai! Não agüento mais! Acho que vou desmaiar!

Foi tudo o que Mônica disse antes de amolecer as pernas e cair deitada no chão.

– Mônica!!! – gritou Felipe, desesperado. – Levanta!!! Força! Vamos! O cachorro está vindo aí!!!

Felipe tentou levantá-la mas não conseguiu. Estava fraco por causa do susto, mas tinha que prosseguir.

4

O IMPREVISTO

Resolveu, então, pegar Mônica pelas duas mãos e arrastá-la até encontrar um lugar seguro. Não teve tempo de pensar em nada melhor, pois o cão estava a dois metros de distância e aproximava-se cada vez mais. Felipe corria puxando a menina. Estava esgotado. Muitas vezes pensou que fosse cair no chão, assim como ela, mas tentou resistir. Corria com dificuldade e resolveu não olhar mais para trás. Não pensava em nada, sentia o frio da noite e o vento empurrando seu cabelo para a nuca. Pelo que podia ver, estavam em um terreno deserto, longe de casa. Pisava na grama com força, e a cada passo acreditava que o coração ia parar e ele cair morto no chão. Se ao menos visse alguma pessoa no meio daquele lugar vazio! A cidade já tinha ficado para trás há muito tempo. Se pelo menos Mônica tivesse desmaiado enquanto ainda estavam na parte movimentada, e não naquele terreno baldio! Felipe não ousava virar a cabeça para conferir se a fera ainda os perseguia. Só sabia que devia continuar correndo como um louco.

Já fazia vinte minutos que estavam fora e o pai de Felipe preocupado, fora até a locadora do Senhor Fernando para saber se o filho havia estado por lá. Mas o Senhor Fernando garantiu que não. O pai estava muito apreensivo e já imaginava que o pior tinha acontecido.

Felipe sentia o coração batendo com pressa e quase arrebentando o peito. Mônica ficava cada vez mais pesada, mas ele fechou os olhos e continuou correndo. Nem sentia mais o corpo, só pensava na desgraça que seria se o animal os pegasse. De repente, Felipe sentiu que o pé batia em alguma coisa, abriu os olhos, tinha tropeçado em uma pedra e estava caindo de nariz em um barranco. Claro que tudo isso se passou numa fração de segundo, e que quando se deu por si, estavam ele e Mônica rolando barranco abaixo. Ele nem ligava se estava arranhando o joelho ou rasgando a roupa; só queria chegar vivo no chão.

Quando, finalmente, sentiu o corpo batendo contra uma superfície plana, suspirou aliviado. O pior já havia passado. Ficou deitado por alguns minutos, e tinha uma certeza: a de que o cão não tinha se atirado barranco abaixo só para segui-los. Finalmente abriu os olhos e procurou avistar o corpo da amiga. Ainda não tinha forças para se levantar, mas enxergou Mônica a poucos metros mais adiante, ainda desmaiada. Tentou ir até ela, mas mal levantou a cabeça e já caiu novamente. Suas forças haviam se esgotado.

5

Começam os problemas

Já eram vinte e três horas, os convidados já estavam indo embora e os pais de Felipe em pânico. Alguns tinham estranhado a ausência de Mônica e do dono da festa. Gabriel estava assustado e já havia contado aos pais de Felipe que ele havia levado a menina junto. Problema mesmo foi quando os pais dela chegaram para buscá-la. Os pais de Felipe tiveram que explicar que o garoto fora buscar um CD e, segundo Gabriel, Mônica fora junto, e que já fazia duas horas que eles estavam fora, e que o pai de Felipe já os havia procurado em toda a redondeza, sem resultados. A mãe de Mônica quase desmaiou na hora, e o pai exaltou-se e começou a ameaçar os pais do garoto de processá-los caso acontecesse algo à sua filha. As mães de Mônica e de Felipe, embora abaladas, tentaram acalmar os ânimos convencendo os pais de que nada de grave teria acontecido. Eles esperaram mais um tempo e os pais dos dois saíram de carro à procura deles, mas não encontraram nenhuma pista. Então, ligaram para a polícia, mas lá informaram que a polícia só começa a procurar uma pessoa depois de vinte e quatro horas após seu desaparecimento.

A noite custou a passar, até que o sol começou, sorrateiramente, a mostrar-se no horizonte. O dia amanhecia vagarosamente. Felipe despertou quando um raio de sol iluminou seu rosto. O menino estava cansado, ferido, fraco, com fome e não se lembrava de nada. Aos poucos, imagens do dia anterior foram surgindo em sua mente. Lembrou-se da festa, do cão, do barranco. Quando chegou em Mônica, levou um susto. "Minha nossa! É mesmo! Onde está ela?", pensou ele nervoso, levantando-se com dificuldade e indo em direção ao seu corpo, que descansava sob a luz da manhã. Felipe parou um pouco e observou onde estavam: era a continuação daquele terreno deserto. Estavam em um lugar mais alto, de onde dava para avistar boa parte da cidade. Não via ninguém por ali, era um local provavelmente abandonado, e ele, que era novo na cidade, nem fazia idéia de como voltar para casa. Lágrimas vieram aos olhos. Estava perdido numa cidade estranha, responsável pela menina de que ele gostava e que se encontrava desmaiada e estava longe dos pais, graças à sua teimosia. Se ao menos tivesse aceitado quando o pai não o deixou sair, mas não! Foi insistente e acabou na pior situação que já vivera. Perdeu a festa dos seus quatorze anos, tão esperada! Era uma pena! Sentia raiva de si mesmo. Muita raiva!

Estava muito aflito. Sentou-se ao lado de Mônica e tentou reanimá-la. Sacudiu-a, chamou-a, gritou, balançou-a, e nada. Então viu uma mancha na roupa dela e percebeu que o seu cabelo estava molhado. Olhou para cima do barranco: havia um rastro vermelho desde lá de cima. Era sangue. Felipe gelou. Viu, então, que no meio dos lindos cabelos negros e sedosos, havia um corte profundo de onde escorria aquele líquido vermelho. Levantou a cabeça dela e deparou-se com uma mancha vermelha. Não sabia o que fazer. Ela devia ter se ferido no barranco, por isso não acordara. Estava fraca demais, talvez porque perdia muito sangue.

– É tudo culpa minha! – balbuciou, inconformado.

Felipe sentia-se culpado por tudo o que acontecera até ali. Experimentou pôr o ouvido no peito de Mônica. O coração batia em seu peito. O coração batia fraco e descompassado. Deve ser por isso que ela desmaiou: o coração não deve ter suportado a corrida do cachorro raivoso. Mas agora o que não suportava era o coração de Felipe, por saber que era o causador daquela verdadeira tragédia.

– Mônica... Acorde! Por favor! – disse, preocupado. – Eu sou o culpado por tudo isso, eu sei! Me desculpe! Só quero que você acorde!

Felipe então percebeu que, se o ferimento de sua cabeça não fosse controlado logo, ela poderia até morrer! Sem pensar em algo melhor, Felipe tirou a camisa e amarrou-a na testa de Mônica, bloqueando a passagem do sangue. Respirou fundo e foi dar uma vasculhada no terreno para ver se encontrava alguém ou algo que pudesse ajudar.

6

A NOTÍCIA

No decorrer da manhã, Felipe não encontrou nada e nem ninguém. O terreno era vazio mesmo. O garoto caminhou, caminhou, caminhou, e só via descampado, até que chegou numa cerca alta, mas do outro lado tinha outro terreno baldio. De quem seriam todas essas terras? Será que o barranco e o terreno que havia antes do barranco, aquele com um matagal enorme para onde eles correram fugindo do cachorro, também eram do mesmo proprietário? Felipe perguntava-se muitas coisas, mas não tirava mesmo da cabeça a dúvida que o atormentava: "Como iriam sair dali?". Felipe ia voltando desanimado para o lugar onde deixara Mônica. Estava com fome, sede, cansado e não podia fazer nada. Só esperar. Já havia tentado subir pelo barranco, mas era impossível. Além de o barranco ser muito íngreme, não tinha como levar Mônica, que ainda estava desmaiada.

Durante a noite, os pais dos garotos não conseguiram dormir. Haviam saído várias vezes para procurá-los, mas sem encontrar nada nem ninguém que pudesse informar alguma coisa. Estavam esperando impacientemente que o desaparecimento completasse vinte e quatro horas para que a polícia pudesse intervir. Mais ou menos ao meio-dia, a mãe de Felipe, que estava na frente da televisão desde cedo, ouviu uma notícia do jornal local de que um cão Pastor Alemão em um dos últimos estágios de raiva e que seria sacrificado em breve, havia escapado do canil municipal e fora visto pela última vez, por uma senhora, às vinte e uma horas do dia anterior, perseguindo dois jovens. Ao ouvir isso, a mãe de Felipe teve um terrível pressentimento.

– Querido! Rápido! Olha só!

– O que foi? – perguntou o pai de Felipe que veio correndo e exaltado.

– Na televisão, apareceu a notícia de um cão com raiva perseguindo dois jovens ontem à noite aqui perto! – disse a mãe, desatando a chorar de tão preocupada.

– Onde você viu isso? – indagou o pai de Felipe, que engoliu em seco, mas se manteve sob controle.

– Já disse! No telejornal do meio-dia, que está passando! – respondeu a mãe de Felipe.

– Você supõe que esses...

O pai nem precisou concluir o que ia dizer, pois foi interrompido pelo sinal de afirmação que a mãe fez com a cabeça.

– Não disseram para que direção eles corriam? – perguntou o pai, quase aos berros.

– Não! – soluçou a mãe. – Vou telefonar para os Barner da Silva, pais de Mônica! – disse, secando as lágrimas.

– Não, melhor não. Nós nem temos certeza que eram eles! Não podemos ir assustando-os assim!

– Mas e se forem eles? – indagou a mãe, desesperada.

– E se não forem? – retrucou o pai.

– E se forem? – insistiu a mãe.

– Querida, me escute! Não podemos tirar conclusões precipitadas! Não podemos ser tão pessimistas, e depois não podemos acreditar em tudo o que vemos na televisão!

– Eu preciso ligar! Pense bem! Pode ser a vida dos nossos filhos que está em jogo! Você não entende? – gritou a mãe, aos prantos.

Enquanto isso, no terreno baldio, Felipe também sentia saudades, tristeza, medo, fome, tantas coisas... Não conseguia pensar em nada. Cada vez que via Mônica daquele jeito, desacordada, as roupas sujas de sangue e uma camisa amarrada na cabeça, ela que já fora uma menina tão legal, simpática, divertida, amiga, ela era especial, aqueles seus olhos azuis que pareciam janelas para o céu. Então lhe ocorreu uma idéia meio perigosa, mas era a última saída. Ia pular aquela cerca e andar sem rumo até encontrar ajuda. O ruim era que se não encontrasse, poderia se perder, daí seria pior. Estava em dúvida se fazia isso ou não. Resolveu fazer. Deu as costas para Mônica e saiu correndo. Chegou em frente daquele cercado alto que circundava o terreno, atrás do qual havia mais um terreno vazio, igual àquele em que Felipe se encontrava. Respirou fundo, apoiou o pé, que já estava inchado da fuga da noite anterior, na tábua mais baixa, enquanto se segurava com as mãos, que estavam arranhadas e doloridas, na tábua mais alta. Com certa dificuldade, impulsionou seu corpo cansado e sem energia para cima, e caiu de costas do outro lado. Tentou se levantar, mas só conseguiu na terceira tentativa. A *pilha* estava acabando. Caminhou sempre em frente, procurou por casas ou pessoas, mas não encontrou nada. Até que se deparou com um alto muro coberto de concreto descascado que deixava à mostra largos tijolos. Tentou subir para ver o que havia atrás, mas não tinha em que subir ou se apoiar. Era um muro liso de dois metros de altura. Ia desistir e voltar quando, de repente, avistou uma pedra ao pé de uma árvore. "Era isso! Basta subir na pedra para saltar o muro", pensou. Foi até ela e empurrou-a com todas as suas forças. Em vão. A pedra não se moveu um milímetro sequer. Então, ocorreu-lhe algo: se quebrasse um galho da árvore poderia usar como alavanca. Foi o que fez. Ficou na ponta dos pés até alcançar um galho suficientemente forte. Quebrou-o e pôs a ponta mais resistente por baixo da pedra, quebrou uma pontinha do galho e apoiou-o em cima, como uma gangorra, então empurrou a outra extremidade para baixo e a pedra foi se erguendo até cair de lado. Então, foi fácil para Felipe ir rolando-a até o muro. Colocou a pedra em pé diante do muro alto e apoiou um pé nela, impulsionando-se para cima até que suas mãos tocassem a borda. Agarrado à parte de cima do paredão, fez uma força maior do que suportava, e então conseguiu espiar para o outro lado. Tinha um enorme barranco, muito maior do que aquele por onde haviam escorregado e, lá embaixo, havia uma cerca de arame, e do outro lado passava uma larga estrada. Era a salvação! Devia ter alguém ali, nem que tivesse que parar um carro para pedir ajuda. Felipe juntou suas últimas forças e tentou saltar o paredão, mas não conseguiu. Tentou novamente, tentou pensar nos pais, na sua casa, em Mônica, nos presentes que ele ganhou no aniversário. Pensou em tudo o que aconteceria se ele não conseguisse pedir ajuda. Prendeu as mãos com força, apoiou o pé sobre o muro liso, contou até três e lançou-se para frente de olhos fechados. Ia cair no barranco, sabia disso, mas só queria ajuda, só queria sobreviver. Precisava sobreviver para tentar salvar sua amiga.

7

A BUSCA POR SOCORRO

Felipe caiu de cabeça e foi escorregando pela encosta freneticamente. Sua calça estava ficando preta de terra e ele já estava ferido até os pés. Rolava, rolava e rolava. Um grão de areia entrou em seu olho esquerdo, provocando uma irritação que o obrigou a ficar de olho fechado. Quando finalmente caiu no chão, seu nariz estava machucado, seus joelhos ralados, tinha torcido o pulso e arranhado toda a barriga, além de ter feito um rasgão de ponta a ponta no tênis. Mas o importante é que estava vivo e agora podia procurar ajuda. Levantou-se sem se importar com a dor, o estômago soltou um ronco de fome, e começou a andar seguindo a estrada. Andou, andou, andou, andou muito mesmo. Até perdeu a conta de quanto tempo ficou caminhando; só sabia que foi o tempo suficiente para ver o sol deslocando-se no céu. Céu tão azul quanto os olhos de Mônica. Mas Felipe preferiu não lembrar que a tinha deixado desmaiada sozinha, indefesa, com a testa machucada e sua camisa amarrada no ferimento.

Enquanto Felipe perambulava sem rumo buscando socorro, lá no pé da encosta, de onde ele e Mônica haviam despencado na noite anterior, a menina abria os olhos pela primeira vez depois de quase um dia inteiro. Ela estava confusa, não conseguia pensar em nada, não via nada além de uma névoa indefinida, não ouvia nada além de sua própria respiração, que se realizava com dificuldade. Sentia um desconforto no peito e uma dor abominável na cabeça. Não conseguia se mover. Estava tão fraca, que quase não conseguia manter os olhos abertos. Não sabia de nada e nem tinha parado para pensar que lugar era aquele e o que estaria fazendo ali. Estava em estado de semiconsciência. Não saberia dizer nada se lhe fizessem uma pergunta, por mais simples que fosse. Instintivamente soltou um gemido de dor. Não sabia por que, mas o corte na testa doía cada vez mais; então, em um momento de lucidez: passou rapidamente pela sua mente uma imagem diluída e pouco nítida, onde se via agarrada à mão de um garoto. Não distinguiu quem era ele: não era capaz de distinguir nada. Fechou os olhos e veio-lhe à mente outra imagem, mas desta vez mais nítida, em que ela entregava um presente a Felipe. É isso! Felipe! Era Felipe o garoto que a pegava pela mão naquele relance de pensamento. Aos poucos, lembrou-se mais nitidamente de Felipe, de sua casa, de seus pais e começou a sentir um certo desconforto. Lembrou-se da festa, do CD que dera a Felipe e de como percebeu que ele havia ficado meio embaraçado. Lembrou-se também que havia saído com ele à noite para alugar um CD para a festa. Lembrou-se do cão feroz que começou a persegui-los e de como Felipe a pegara pela mão e correram por muito tempo. Lembrou que sentiu o coração falhando e a escuridão tomando conta de seus olhos e que então só pôde gritar algo do tipo "acho que vou desmaiar". Depois disso não se lembrou de mais nada. Apenas sabia que devia ter perdido os sentidos e que agora acordava. Mas onde estava Felipe? Que lugar era aquele? Tentou se virar, mas não conseguiu. Sentiu o corpo molhado na posição em que estava, virou os olhos o máximo que conseguiu para a direita e deparou-se com uma mancha vermelha. "Isso saiu de mim?", pensou ela, desesperada.

De repente, sentiu uma grande fraqueza, que tomou conta de si em poucos segundos. Com a visão turva, sentia a pulsação cair e percebeu que o desconforto que tomava conta de si aumentava. Notou, então, que havia algo preso à sua testa, demonstrando claramente que era com o objetivo de tentar estancar o sangramento. Espichou os olhos para o canto e pôde avistar vagamente a manga da camisa. Era uma camisa xadrez. Mônica reconheceu imediatamente que era a que Felipe vestira para sua festa. Então Felipe devia estar em algum lugar, talvez tivesse ido buscar ajuda. Foi o que lhe ocorreu naquele momento, segundos antes de voltar a fechar os olhos, desacordada e entregue à fraqueza.

Já eram dezessete horas. A mãe de Felipe havia telefonado à mãe de Mônica para contar o que vira no telejornal.

– E a senhora acredita que eles ainda mandaram as pessoas tomarem muito cuidado? Parece que o cão é perigoso mesmo! – comentou a mãe de Felipe.

– Ai! Nem fale! Imagina se eram nossos filhos mesmo! E se o cachorro os pegou? Não! Não podem ser eles! – queixou-se desesperada a mãe de Mônica.

– Mas falavam que eram dois adolescentes, por volta das vinte e uma horas! Eles saíram daqui aproximadamente nesse horário! – completou a mãe de Felipe.

A mãe de Mônica não queria acreditar. Mas um terrível pressentimento dizia a ela que a mãe de Felipe estava certa.

– Quando é que a polícia vai chegar? Eles não fazem nada e ainda exigem que complete um dia! É um absurdo! Nossos filhos morrendo por aí e eles fazendo onda!!! – gritou o pai de Felipe, descontrolado, dirigindo-se a passos largos para a sala.

– Por favor, acalme-se! Eles disseram que vão chegar às vinte e uma horas, exatamente vinte e quatro horas depois do desaparecimento! Tente se acalmar! Quer um calmante? – perguntou a mãe de Felipe, com o telefone apoiado no ombro e lágrimas correndo dos olhos.

– Eu não quero saber dessas porcarias de remédios que só servem para arrancar dinheiro da gente! Eu quero é que essa polícia chegue de uma vez! – respondeu o pai de Felipe impaciente.

– Acalme-se, nós dois estamos muito angustiados, é a vida do nosso filho, eu sei! – soluçou a mãe. – Mas não podemos perder o juízo!

A mãe de Mônica desatou a chorar e resolveu encerrar a conversa telefônica, pois já estava há duas horas no telefone lamentando-se e, por certo, a conta ia sair bem alta.

– Não tem um jeito de a gente chamar a polícia urgentemente dizendo que tem uma quadrilha de bandidos nos assaltando? Então, quando eles chegarem, contamos a verdade e os obrigamos a procurar o Felipe!

– Por favor, controle-se, não diga bobagens! – censurou a mãe de Felipe, aos prantos.

Enquanto toda essa aflição tomava conta dos pais, Felipe continuava sua busca sem rumo, sempre caminhando, seguindo a estrada. Ele andou por muito tempo e a paisagem parecia nunca mudar: uma estrada larga e asfaltada e um matagal alto dos dois lados. Sentia-se exausto, com o corpo todo dolorido e o estômago reclamando de fome, além daquele calor desagradável que levantava poeira da rodovia, mesmo não sendo de chão batido.

8

A AJUDA

Felipe não agüentava mais andar, ia parar e esperar sentado no chão até que viesse alguém ao seu encontro. Mas, de repente, ouviu um ruído de passos. O coração disparou de euforia. Felipe caminhou em direção a um barulho do outro lado da estrada. Arredou aquela cortina de mato com as mãos e deparou-se com um terreno mais ou menos grande, uma casinha de aparência simples ao fundo e, mais para trás, uma horta. Na frente dele estava um homem alto, de chapéu, fitando-o.

– O que faz aí, menino? – perguntou.

– Eu sou Felipe e estou perdido.

– Você se machucou feio, hein?

– É.

– Quer entrar? Daí você me conta toda a história!

– Obrigado! Que lugar é esse? Cadê a cidade? – indagou Felipe, curioso.

– A cidade fica para lá! – disse o homem apontando para uma grande cidade que se podia ver no horizonte.

– Mas vem, menino! Entra!

Os dois entraram na casa e sentaram-se a uma mesa com dois banquinhos. Felipe admirou-se de como uma casa tão simples, tão pequena e com tão poucos móveis podia ser tão organizada e bonita por dentro. O homem serviu um pouco de suco para cada um e começaram a conversar.

– Mas me diz agora, menino! Como é que você veio parar aqui?

– Bem, eu estava fugindo de um cachorro raivoso ontem de noite, daí...

– Ahhh! – interrompeu o homem. – Não diga que era sobre você que falaram no noticiário do meio-dia. Contaram que dois adolescentes foram perseguidos por um Pastor Alemão que fugiu do canil! – disse o homem apontando para uma televisãozinha velha de modelo antigo e, provavelmente, em preto-e-branco, que estava no canto da sala, em cima de um pequeno balcão.

– Ah! Pois é? Eu estava fugindo do cachorro com a minha amiga Mônica e nós corremos muito, mas como ela tem um problema cardíaco grave, desmaiou, e eu tive que arrastá-la! Continuamos sempre correndo por causa do cão, até que eu escorreguei de um barranco e nós dois rolamos até lá embaixo, e eu meio que desmaiei também. Hoje, eu acordei, mas ela não. Só sei que estávamos num enorme terreno baldio e que a Mônica estava sangrando na testa, e eu amarrei minha camisa no machucado. Então eu saí para procurar ajuda, daí pulei um muro, caí de outro barranco, saí na estrada e aí encontrei você!

Felipe contou tudo em um fôlego, estava ofegante e sem ar, mas feliz por ter contado tudo para alguém que talvez os ajudasse.

– Calma, menino! Não faz bem falar tudo de uma vez! Tem que ter cautela! Então foi isso o que aconteceu? E onde é que está a Mônica? Se ela está desacordada, é perigoso deixá-la sozinha!

– Eu mostro o caminho para o senhor! Não sei se vou achar, já andei tanto! Estou faminto, mas não podemos perder tempo – queixou-se Felipe.

– Pegue este pacote de biscoitos e vá comendo. Vamos andando porque já vai anoitecer. Vá me esperando ali na frente. Eu só vou pegar algumas coisinhas e trancar a porta!

Depois de tudo feito, os dois saíram seguindo a direção contrária da qual Felipe caminhara até então. Caminharam muito, pois era muito longe. Por volta das dezenove horas, chegaram diante do barranco maior.

– Eu escorreguei por aqui! Mas acho que não dá para subir de volta!

– É, não vai ser muito fácil, mesmo! Me deixa pensar...

O homem pensou por alguns minutos e lascou:

– Já sei! Podemos fazer como aqueles alpinistas que aparecem nos filmes! É só usar o meu laço!

– Alpinistas? Com um laço? – resmungou Felipe, um pouco confuso.

– Claro. A gente faz um nó de laço bem feito, daí é só fazer como naqueles rodeios. A gente joga a corda e prende naquela pedra ali ó! – disse ele apontando para uma pedra que estava presa na beirada do barranco.

– Mas a corda alcança? – indagou Felipe.

– É isso o que vamos ver!

Lançou a corda em direção ao seu alvo, fazendo-a cair direitinho, de modo que envolvesse a pedra.

– Viu, menino? Agora que já temos apoio, é só subir agarrado no laço!

– Será que eu consigo? Estou todo dolorido!

– Olha, menino, eu só não te fiz uns curativos lá em casa porque eu nem tenho o material necessário. Não tenho curativos, nem algodão, nem gaze, nem esparadrapos! Eu até tinha que comprar isso na farmácia, mas fica um pouco longe daqui. E sempre vou deixando para depois.

– Me diz uma coisa, que lugar é esse, hein?

– Ué, não sabe?

– Não! Sou novo na cidade.

– Aqui é o que chamam de "periferia da cidade" – explicou o homem.

– Mas como eu vim parar aqui? Eu saí correndo da avenida principal e quando vi, estava num enorme terreno deserto, que tinha um barranco que dava para outro terreno que tinha outro barranco que é esse aqui.

– Pois é! Esse aí deve ser o terreno desapropriado, onde vão construir um *shopping*. Acho que começam mês que vem.

– E é esse terreno enorme que separa a rua em que eu moro da periferia da cidade? – quis saber Felipe.

– É. Se você olhar no mapa, verá que o bairro onde estamos não está localizado no meio da cidade. Fica bem para o cantinho. Não estranhe, viu? É que, como me disse, você é novo na cidade. Vamos subir de uma vez, estamos perdendo muito tempo!

Segurando firme na corda, o homem botou os dois pés na subida da encosta e impulsionou-se para cima, exclamando:

– Depois é você!

Passo a passo, o homem chegou lá em cima. Foi muito cansativo, mas deu certo. Ao chegar lá em cima, recostou-se no muro e ficou a esperar por ele.

– É seguro? – perguntou Felipe, puxando a corda para ver se estava firme.

– Eu, pelo menos, cheguei aqui em cima! Venha de uma vez! Não faça drama! Logo, logo vai escurecer.

– Está bem.

Felipe segurou o laço com toda a força e foi colocando pé ante pé na subida íngreme. A cada passo achava que a corda fosse arrebentar e ele fosse despencar lá de cima. Preferiu não olhar para baixo. Até que deu o último passo e suspirou com alívio.

– Isso mesmo, menino! – disse o homem recolhendo e amarrando de volta à cintura a corda que estava presa em uma pedra bem próxima. – Agora é só pular o muro. Mas isso é o de menos. Eu ajudo você a pular para o outro lado, depois eu vou.

Auxiliou Felipe a sentar em cima do paredão, de onde ele saltou facilmente para o outro lado. Depois, o homem agarrou-se pela parte de cima e, com os pés, impulsionou-se para o outro lado, também com facilidade.

– Que bom! Ainda estou em forma! E agora, menino? Para onde vamos?

– Bem, agora eu tenho que achar aquela cerquinha. Do outro lado tem mais terreno e é no pé do barranco que a Mônica está.

Felipe estava preocupado. Não queria nem imaginar o que seria se algo acontecesse com Mônica. Ele nunca se conformaria! Os dois andaram, andaram, andaram até que encontraram a tal cerca. Uma cerca alta de tábuas largas, dispostas horizontalmente.

– Ah! Isso é fácil de pular! – disse o homem, segurando-se na tábua mais de cima e pulando para o outro lado sem hesitar.

– É, acho que é o mais fácil depois de tudo o que fizemos! – disse Felipe, passando para o outro lado com um pequeno auxílio, pois a cerca era alta e ele podia cair.

– Estou estafado! – queixou-se Felipe enquanto caminhavam procurando o local onde Mônica estava.

Andaram um pouco e logo avistaram o que procuravam. Felipe precipitou-se a correr na frente, mas, quando se deparou com aquele corpo pálido, sentiu um calafrio repentino e uma estranha tristeza que fizeram algumas lágrimas escorregarem até o queixo.

– Ela não está bem – disse o homem pondo a mão sobre o peito de Mônica. – Mas ainda vive.

9

O ENCONTRO

Enquanto isso acontecia próximo à periferia da cidade, na casa de Felipe, onde os pais de Mônica também aguardavam aflitos, chegou uma viatura de polícia atendendo ao aviso do desaparecimento dos filhos. Já completara o período de vinte e quatro horas e não havia qualquer notícia deles. Os policiais desceram do carro e foram até o apartamento para fazer algumas indagações e iniciar a busca. Fizeram um enorme interrogatório com perguntas do tipo: "Quando foram vistos pela última vez?", "Que horas eles saíram?", "Há mais alguém que os viu depois de terem saído?", "Além do que viram no telejornal, tem mais alguma informação de onde eles podem se encontrar?", "Com que roupa estavam?", "Que aparência têm?", e algumas perguntas até meio óbvias tipo: "Sabem dizer seus nomes, telefones e nome dos pais?", o que fez o pai de Felipe perder a paciência. Já passava das nove horas da noite quando os policiais iniciaram a procura pela cidade, começando, é claro, pelas redondezas.

A essas alturas, o homem procurava uma pedra ou qualquer parte alta do barranco onde pudesse lançar a corda para subir. Até que encontrou uma pequena árvore, que mais parecia um galho e crescia horizontalmente no meio da descida, desses que sempre têm nos precipícios das histórias em quadrinhos para que alguém que esteja caindo possa se segurar. Foi lá que ele atirou o laço, que, como era de se esperar, acertou o alvo direitinho.

– Como a Mônica vai subir? – perguntou Felipe, ansioso para saírem logo dali.

Como que respondendo à pergunta, o homem deitou Mônica sobre o ombro direito. Agarrou-se bem à corda e começou a subir. A cada passo, um solavanco fazia o corpo de Mônica balançar e pender para o lado ou ameaçar escorregar e rolar para o chão. Mas por muita sorte isso não aconteceu. Ao chegar lá em cima, o homem deitou Mônica no chão novamente e ficou esperando por Felipe, que não tardou a chegar, ofegante e reclamando de cansaço.

– Também, você, pelo que me disse, passou o dia caminhando à procura de alguém! Só pode estar cansado mesmo!

Felipe sacudiu afirmativamente a cabeça em resposta ao comentário.

O carro de polícia já havia percorrido tudo pelos arredores, quando resolveram dar uma vasculhada pelo terreno desapropriado onde seria construído um *shopping center* em breve.

– Talvez eles tenham corrido para se esconder por ali! A gente nunca sabe! – disse um dos agentes policiais que estava no carro.

– Se não me engano, é para aquele lado que você mora, não é, menino? – perguntou o homem carregando Mônica no colo e caminhando ao lado de Felipe.

Para que o garoto não se perdesse, contava com uma boa supervisão do homem, que não queria nem pensar o que aconteceria se ele se perdesse novamente. Foram caminhando sempre em frente, até que, de repente, avistaram um carro de polícia que se aproximava, vindo em direção deles.

– Liga o farol, liga o farol! Parece que tem alguém ali! – pediu um dos agentes dentro do carro.

Felipe protegeu os olhos com as mãos ao receber aquele facho de luz intenso no rosto lançado do carro. Estacionaram e, de dentro, desceram dois policiais apressados.

– O que fazem aqui? Quem são vocês? – perguntou um policial.

– Eu sou o José Joaquim. Este é o Felipe, esta é a Mônica, ela está muito mal!

Ao ouvir isso, Felipe percebeu que nem sequer sabia o nome daquele homem que havia salvado as vidas dele e de Mônica.

–Vocês são Felipe Fernandes e Mônica Barner da Silva?

– Sim! – confirmou Felipe.

– Estávamos à sua procura! Vamos, entre no carro, e o senhor também, Seu José! Temos que levar esta menina para um hospital urgente!

Todos entraram no carro da polícia e partiram. Quando o carro deu o arranque, Felipe suspirou aliviado, pois sabia que agora estavam a salvo. Ainda mais que uma chuva fina começara a cair lentamente. "Agora que já estavam em segurança, poderia chover à vontade!", pensou.

10

A VOLTA PARA CASA

Depois de andar por alguns minutos, o carro estacionou diante de um hospital de pronto-socorro. Dentro de quinze minutos, Mônica já estava indo se submeter à uma bateria de exames, para saber a extensão do ferimento. Já haviam tentado estancar o sangramento, mas não se tratava de um machucado superficial. Além disso, teriam de repor o sangue perdido, que já passava de um litro e meio, o que é muito quando se trata de uma pessoa que pesa em torno de trinta e cinco quilos.

– Você, Felipe, e o senhor, Seu José, vão para a delegacia responder a algumas perguntas – disse um policial, dando novamente o arranque do carro.

– E ela vai ficar bem? – perguntou Felipe, um tanto apreensivo pelo estado de Mônica.

– Isso, infelizmente, eu não sei te dizer! É com os médicos.

No caminho, Felipe, que estava exausto, adormeceu com o solavanco do carro e com a leve chuvinha fina que batia nos vidros.

Os pais de Felipe já haviam sido avisados de que o filho fora encontrado e estavam quase chorando de felicidade e alívio. Já os pais de Mônica, encontravam-se em situação bem diferente, pois nem sabiam se a filha sobreviveria, e isso os fazia estarem chorando também, só que de desespero.

Chegando na delegacia, o garoto e o homem responderam a muitas perguntas do tipo: "Por que você saiu com Mônica à noite?", "Quando foram parar no terreno, sabiam onde se encontravam?", "E o senhor, por que se dispôs a ajudá-los?", "O senhor já era conhecido deles?", "Para onde pretendiam ir quando os encontramos?", e muitas outras perguntas, algumas necessárias, outras desnecessárias, outras óbvias e outras até irritantes. Nesse meio tempo, os pais de Felipe foram chamados e dirigiram-se para lá. Ao chegarem, foram conduzidos à sala onde estavam Felipe e o Senhor José respondendo ao questionário. Felipe, quando viu os pais, correu ao seu encontro, deu um longo e apertado abraço nos dois ao mesmo tempo.

– Estava com saudades! – murmurou Felipe, emocionado, no ouvido da mãe.

Os pais logo quiseram conhecer quem era aquele homem que, segundo Felipe, tinha se disposto a ajudá-los e salvou a vida deles. Até o convidaram para um jantar especial que fariam para comemorar. Mas ele não aceitou.

– Eu só fiz a minha parte, não posso aceitar o convite, não. Eu tenho que ir para casa, porque eu preciso acordar cedo amanhã.

– Bem, então muito obrigado, viu? Se não fosse pela sua boa vontade, nosso filho e sua amiga ainda estariam perdidos! – disse o pai de Felipe, muito agradecido.

– Obrigado por tudo, Seu José! – exclamou Felipe, acenando enquanto entravam no carro.

– Vê se aparece lá em casa para tomar mais um suco! – disse o homem enquanto o carro arrancava e desaparecia nas ruas escuras da cidade.

No relógio da igreja que havia ali perto, eram quase onze horas da noite.

11

O JANTAR ESPECIAL

Chegaram em casa e o pai foi correndo para o telefone pedir uma pizza. Estava muito animado.

– Hoje teremos um jantar especial, filho. Em sua homenagem. Vamos comemorar a sua volta! Eu e sua mãe estamos muito felizes por encontrá-lo bem.

– Filho, vem aqui um pouco! – chamou a mãe.

– O que foi, mãe?

– Deixa eu ver o que é isso! – disse ela olhando os arranhões no rosto e nos braços do filho. – Você está apenas de camiseta. O que aconteceu com a camisa de linho que eu comprei para você vestir no seu aniversário? Me custou uma nota!

– Bem, eu usei para tentar fazer o machucado da Mônica parar de sangrar.

– E o que houve com seu olho? Está vermelho! – comentou a mãe, preocupada.

– Acho que foi naquela hora que eu estava caindo do barranco e entrou areia.

– Você caiu de um barranco? – perguntou a mãe, muita assustada.

– De dois.

– Dois? – indagou a mãe empalidecendo. – Onde está doendo, filho? Você bateu a cabeça? Não quebrou nenhuma costela?

Em resposta, Felipe balançou a cabeça negativamente e disse:

– Não foi nada, mãe.

– Mas quando levaram a Mônica para o pronto-socorro, não te examinaram?

– Mas eu não tenho nada. Só alguns arranhões.

– É, mas mesmo assim, amanhã vou marcar uma hora para o Dr. Rogério te examinar – e dizendo isso, foi preparar a mesa para o jantar.

Neste exato momento, tocou o interfone. Era o entregador de pizza. O pai foi lá embaixo atender e, minutos depois, voltou carregando uma caixa redonda e fina, da qual saía um fio de fumaça e um delicioso cheiro de queijo. Felipe foi direto tomar um banho, para depois jantar.

12

No colégio

No dia seguinte, uma segunda-feira, Felipe chegou no colégio. Todos os colegas já sabiam o que havia acontecido. Nos corredores, ele era obrigado a parar e responder a comentários do tipo: "Você está bem?", "Como foi que aconteceu tudo?", "Que cara tinha o cachorro?", "Tinha que pôr a Mônica no meio?", "Que presente de aniversário legal que você teve! Vinte e quatro horas de aventura!", "Dá um autógrafo?", "Rolando de um penhasco, você parecia o Arnold Schwarznegger!", e muitos outros. A maioria deles era pura gozação ou ironia. Isso desapontou Felipe, pois achou que seria reconhecido como herói depois de ter passado por tudo aquilo!

Chegou na sala de aula e dirigiu-se à sua classe. Ao sentar, percebeu que Mônica não havia chegado ainda. Preocupou-se. Lembrou-se de que ela não estava nada bem. Se iria se salvar ou não, ninguém sabia ao certo. Engoliu em seco. Sentia falta daquele sorriso, daquela alegria, daqueles olhos azuis... Daquela menina que o havia ensinado a ser feliz. Passou a manhã inteira angustiado, louco para chegar em casa e perguntar aos pais se tinham notícias dela. Não prestou atenção em uma palavra que os professores disseram. Não copiou nada nos cadernos. Não pegou na caneta nem uma vez sequer. Estava com a cabeça muito ocupada. Nem via o que se passava ao seu redor. Só se preocupava com sua melhor amiga. Até passou pela sua cabeça a idéia de que talvez... "Não! Isso não poderia acontecer! Não seria tão trágico, ou seria? Não!" Felipe tentava afastar essa idéia. Não era verdade. Mas, por mais que lutasse contra esses maus pensamentos, mais acreditava neles. Quando, finalmente, a aula chegou ao fim, Felipe saiu lentamente de mãos nos bolsos e dirigiu-se à grande escadaria de mármore da entrada do colégio para esperar seu pai. Sentou-se em um dos trinta e cinco degraus e, inevitavelmente, deixou rolar uma lágrima pelo rosto. Quinze minutos depois, avistou seu pai estacionar o carro em frente à escola, enxugou os olhos e entrou no automóvel.

13

NOTÍCIAS DE MÔNICA

Ao chegar em casa, os pais logo perceberam que o filho estava desanimado. Quase não falava e ficou no seu quarto até o almoço ficar pronto. Na mesa, comeu muito pouco e, sem nada falar, voltou a deitar-se em sua cama, pensativo. Não esboçara nenhum sorriso desde que chegara.

– Filho, você está bem? – perguntou a mãe, entrando no quarto de Felipe, já preocupada com o seu comportamento.

– Sim. Estou sim, mãe.

– Você tem certeza? Você está meio estranho. Pode falar para sua mãe. Tem algo incomodando você?

– Nã... – interrompeu-se Felipe, hesitante. Quem sabe falava tudo para sua mãe e pronto? “Não, melhor não dizer nada!”, concluiu.

– Felipe, eu conheço você! Foi algo que aconteceu no colégio?

– Bem... – o garoto resolveu desabafar. – Sim e não.

– Como assim, filho?

– É que eu até posso dizer que foi no colégio, mas na verdade não foi.

– O que é então?

– É a Mônica mãe! Estou preocupado com ela. Ela não foi à aula e ontem não estava nada bem...

– Oh, filho! Não precisa se preocupar tanto. Vai dar tudo certo! – disse a mãe abraçando Felipe.

– Tomara, mãe. Tomara.

Neste exato momento, o pai aparece no quarto.

– É a Senhora Barner da Silva no telefone.

– Ah, já vou.

E dirigiu-se para a sala fechando a porta atrás de si. Felipe estava curioso. "Finalmente a mãe de Mônica ligou! Será que a menina está bem?", pensou. Lentamente, abriu a porta do quarto sem se deixar notar, pois sempre que sua mãe estava ao telefone em sua presença, tinha a impressão de que deixava de falar tudo que não pudesse ser dito na frente do filho. E, com o ouvido atento, pôde ouvir parte da conversa.

– Sim. Pois é. É? Mas eu... O quê? Não, não! O Felipe não se machucou não! Só uns arranhõezinhos, nada grave. Sim, isso mesmo! Eu soube que a Mônica estava machucada mais gravemente, meu filho falou. Mas eu pensei que não fosse tanto, sabe como é? Coisa de adolescente, não dá para acreditar em tudo! É. Mas eu nunca pensei! Olha, vou estar torcendo, viu? Rezando. Eu espero realmente que dê resultados. Eu posso calcular o que vocês estão passando. É muito difícil quando acontece essas coisas com o filho da gente! Um filho é algo tão sagrado... Eu posso imaginar sua situação. Como o Felipe vai ficar triste quando souber. Acho que nem vou contar para ele já. Hoje ele chegou tão arrasado do colégio, disse que estava muito preocupado com a Mônica. Mas vai acabar tudo bem, eu tenho certeza. Temos que confiar em Deus. Certo. Um abraço. Tchau!

A mãe de Felipe desligou o telefone e ficou sentada no sofá por alguns segundos, como se pensasse em alguma coisa. Talvez estivesse pensando no que diria a Felipe.

Felipe estava ansioso. A mãe da Mônica ligou e deu uma notícia ruim, isso era certo. Lembrou-se das palavras da mãe: "Como Felipe vai ficar triste quando souber. Acho que nem vou contar para ele já." Tinha que descobrir o que aconteceu. Saiu do quarto e pôs-se de pé, em frente à mãe.

– O que a mãe da Mônica queria? – indagou Felipe, sério.

– Nada. Só saber se você está bem.

– E a Mônica, como está?

– Ela está bem.

– Ela ainda está desmaiada? – perguntou Felipe, preocupado.

A mãe hesitou. Não sabia o que dizer.

– Ela está ou não desmaiada? – insistiu Felipe.

– A mãe dela não disse. Só disse que estava bem.

– E o ferimento? Melhorou?

– Sim.

– E o que era?

– Só um corte... – respondeu a mãe.

– Mas por que Mônica desmaiou? Quando a deixamos no pronto-socorro, ela parecia não estar nada bem.

– Ah, filho! Eu não sei de tudo – desabafou a mãe, um pouco confusa.

– Mas eu me preocupo com a minha amiga! – gritou.

Felipe já estava muito nervoso. Precisava saber a verdade.

– Você ouviu a conversa? – arriscou a mãe.

Desta vez, quem hesitou foi Felipe.

– Ouvi.

– Está bem, o jeito é contar.

– Contar o quê?

– Mônica já acordou, mas está em estado semiconsciente. Está tudo bem, acalme-se. Ela vai precisar fazer uma pequena cirurgia.

– Cirurgia? Onde? – perguntou Felipe, exaltado e quase gritando.

– Ela teve um pequeno traumatismo craniano. Talvez tenha batido a cabeça com força em alguma coisa. Mas não é nada grave.

– Traumatismo craniano? E não é nada grave? Ela corre perigo de vida, mãe! – berrou Felipe com todo o fôlego de seus pulmões.

A essas alturas, a mãe já se arrependera de ter falado a verdade.

Felipe não disse mais nada, correu para o seu quarto e trancou-se à chave. A mãe encostou o ouvido na porta e pôde ouvir que o filho explodira em soluços.

Ele estava em sua cama, abraçado a um travesseiro, encharcando os lençóis de lágrimas. Tinha um pressentimento horrível em relação à melhor e única amiga que já tivera em toda a sua vida.

14

Um bilhete sincero

Depois de ficar meia hora trancado no quarto, Felipe resolveu ir falar com os pais.

– Mãe! Pai! – disse chegando na sala onde o casal conversava.

– Sim, filho.

– Eu quero pedir uma coisa – falou baixinho.

– Espere um momento! – interrompeu o pai. – Por que você está com os olhos inchados desse jeito?

Ao ouvir isso, a mãe fez sinal para o marido, dizendo que depois ela explicaria e que deixasse o filho prosseguir. O pai, contrariado, concordou.

– Vocês podem me levar ao hospital?

– Mas para que você quer ir ao hospital, Felipe? – perguntou o pai, impaciente. Não estava entendendo, primeiro os olhos de choro, depois isso. Realmente, não compreendia.

– Eu queria ver Mônica, pela... talvez... última vez.

– Não fale assim, filho! – disse a mãe, abraçando-se ao garoto. – Nós levamos você, mas você não a verá pela última vez. Ela está bem! Vai ser operada e vai se recuperar! E vocês ainda hão de ficar juntos muitas vezes.

– Mas... eu estou sem gasolina – disse o pai, procurando uma desculpa para evitar que o filho fosse até o hospital. Não gostava daquele ambiente.

– Deixe o Felipe! Só quer ir visitar a amiga – explicou a mãe, olhando para Felipe. – Nós iremos hoje à tarde, filho. Vá descansar. Nós podemos sair às quatro horas. Pode ser? É a hora de visitas no hospital e nesse horário eu posso sair.

Felipe sacudiu a cabeça afirmativamente e foi para o quarto, fechando a porta por dentro. E sem que ninguém percebesse, ficou lá por muito tempo. "Será que Mônica está bem? Será que corria riscos mesmo?", perguntava-se, sentado em sua cama, olhando para o vazio.

– Felipe! Vá se aprontar, já estamos saindo! – avisou a mãe, batendo na porta do quarto do filho.

Felipe vestiu uma camiseta e uma calça *jeans* qualquer. Gostaria de vestir a calça *jeans* nova que ele usou no dia de seu aniversário, mas com o incidente todo, aquelas roupas ficaram imprestáveis. Quero levar um presente à Mônica. Mas não conseguia pensar em nada que ela gostasse. Até que, de repente, surgiu-lhe uma idéia. Correu para o armário e pegou canetas coloridas e uma folha de papel. Desenhou um céu azul, tão azul quanto os olhos da menina, com pássaros voando cheios de graça, tanta graça quanto havia no jeito de ela andar, falar e rir. Atrás da folha escreveu: "Querida Mônica, espero que melhore logo para que possamos voltar a ser como antes. Eu não sei como você se sente, mas eu me sinto pior, acredite! Pois se você está assim, é por culpa minha. Fui ser teimoso, me meti numa fria e ainda te levei junto. Sou, em parte, culpado de tudo o que aconteceu com você. Eu quero me desculpar. Espero que melhore logo. Estou morrendo de saudades. Você nem imagina quanto. Você vai melhorar, acredite. Um abraço do seu amigo, Felipe". Tampou a caneta e dirigiu-se à sala. Saíram.

15

NO HOSPITAL

O pai estacionou o carro em frente ao hospital. Felipe e a mãe desceram e dirigiram-se à recepção.

– Por favor, a senhora poderia me informar qual é o quarto da menina Mônica Barner da Silva?

– Pois não. É o quarto número 324, na ala dos pré-operatórios – respondeu a recepcionista à mãe de Felipe.

Os dois, mãe e filho, entraram no elevador e desceram no terceiro andar. O pai havia ficado esperando no carro. Não gostava muito do ambiente hospitalar.

Dirigiram-se a um comprido corredor e foram procurando o quarto 324.

– É ali! – exclamou Felipe, eufórico. Afinal, estava ansioso.

Ele já ia abrindo a porta quando a mãe o advertiu, pois se devia primeiro bater na porta antes de entrar. "Toc, toc, toc". Na terceira batida, uma senhora baixa, de cabelos escuros e olhos azuis, abre a porta. Era a mãe de Mônica. Estava com o rosto inchado, provavelmente de tanto chorar. Ao vê-los, abraçou-se à mãe de Felipe.

– Você! – disse abraçando-se em Felipe. – Você a salvou, rapazinho! Muito obrigada! Devo-lhe a vida de minha filha. É uma pena que, provavelmente, tudo tenha sido... – falava sussurrando – em vão...

Por cima do ombro da senhora, Felipe pôde ver Mônica deitada na cama. Rapidamente, desvencilhou-se do abraço e correu para vê-la. Pôs-se ao lado da cama e, com um sorriso triste esboçado no rosto, ele disse em tom animador:

– Mônica! E aí? Como vai?

Mas não obteve resposta. A menina, que não se mexia, apenas fez um olhar de espanto. Sua mãe socorreu.

– É o Felipe, Mônica. Lembra-se dele, filha?

Mas a menina parecia não lembrar. Desde que acordara do desmaio, não havia dito uma palavra e esboçado nenhum sorriso. Uma pena, pois o que mais e melhor ela fazia, Felipe lembrava muito bem, era sorrir. Apesar de todos os problemas, ela era feliz. Muito feliz.

– Mônica... eu...

Felipe não se continha. Não agüentava ver aquilo, a menina que lhe mostrara toda a graça da vida e ensinara-lhe coisas tão bonitas sobre a felicidade e a verdadeira amizade, nesse estado? Ele ia entregar o cartão para ela, mas ela nem conseguia mover as mãos para recebê-lo.

– Deixa que eu guardo. Ela vai ler depois. É que ela não pode se mexer ainda – disse a mãe de Mônica, pondo o cartão em cima de uma mesinha, ao lado da cama.

– Mônica! Por favor! Lembra-se de mim? Sou eu, Felipe, seu amigo! Lembra-se da minha festa? Você estava tão animada, bonita. Lembra do colégio? De quando a gente ficava conversando? E de quando você me ajudava com a lição de matemática, lembra? Lembra do dia em que nos conhecemos no colégio?

Felipe foi falando, falando, até que percebeu um brilho nos olhos dela. Estavam muito mais brilhantes do que de costume. Chegavam a ofuscar. Mas não houve nenhum sorriso. As duas mães conversavam baixinho sentadas em um pequeno sofá de três lugares que havia no quarto. Felipe pôde ouvir a mãe de Mônica comentar:

– A cirurgia será amanhã.

Felipe não agüentava ver sua amiga nesse estado. Segurando as lágrimas, sentou-se no sofá, ao lado da mãe, enquanto as duas conversavam. Estava se sentindo esquisito, não sabia muito bem se estava triste ou preocupado. Sentia um aperto no coração e um nó na garganta. Já havia sentido tantas coisas diferentes desde o acidente: medo, arrependimento, tristeza, desespero, esperança, felicidade por reencontrar os pais, preocupação pela Mônica e agora essa sensação desagradável, de mudança, reviravolta... Sentia que talvez sua vida não seria mais como era antes, uma espécie de pressentimento, ruim, sem dúvida. Felipe não estava se sentindo bem, tantas emoções novas apossavam-se de seus pensamentos, a ponto de deixá-lo confuso, sem saber o que pensar. Resolveu dar uma volta pelos corredores do hospital para arejar as idéias.

Pediu permissão à mãe, que deixou, mas não sem antes dar muitas recomendações do tipo: "Não demore", "Não saia deste andar", "Não entre em nenhum quarto ou sala de exames", "Caso se perca, dirija-se imediatamente à recepção", "Não vá se machucar", "Não mexa nos equipamentos ", etc.

– Está bem, mãe! Já tenho quatorze anos! Deixa eu ir agora! É só uma voltinha!

– É, mas você sabe como eu e seu pai ficamos nervosos depois de tudo aquilo. E pensar que toda a tragédia também começou com uma voltinha.

– Mãe! Que tragédia? Ninguém morreu!

– É, filho. Mas quase.

Felipe não fez nenhum comentário, pois estava arrasado. Apenas cruzou a porta e foi caminhando pelo corredor. As paredes bem pintadas, brancas. Tudo muito limpo. Nas portas dos quartos, pequenas placas verdes com o número de cada um. Enfermeiras e médicos corriam desatinadamente de um lado para o outro. O telefone da enfermaria tocava a toda hora, funcionários iam de uma sala para a outra. Uma grande correria, pois a vida de muitos pacientes dependia apenas da rapidez com que fossem atendidos. "Que ambiente tenso", pensava Felipe enquanto caminhava em direção ao fim do corredor. No final do corredor havia uma porta entreaberta. Nela, podiam-se observar cartazes e mais cartazes colados com fita adesiva, um ao lado do outro. Em um deles havia uma propaganda de um remédio para a memória; no outro, maior e mais sobreposto, havia a propaganda de uma campanha para aleitamento materno. Mas o que chamou a atenção de Felipe não foi a porta comercialmente decorada, e sim o que se encontrava atrás dela. Empurrou-a de leve para trás depois de verificar se havia alguém por perto. Deparou-se com uma pequena sala onde havia uma mesa em um dos cantos, com duas poltronas de um lado e uma poltrona do outro. Sem dúvida, era um consultório...

E também nas paredes havia cartazes com propagandas e avisos. Na parte oposta à porta, havia uma estante com livros e, ao lado, uma outra porta. Felipe resolveu fechar a porta e sair dali quando o telefone que se encontrava sobre a mesinha tocou. Felipe encostou a porta sem fechá-la ao ver um médico bem apresentado, segurando um pacote de luvas, entrar na sala pela porta do lado oposto e atender ao telefone. O garoto ia se afastando quando ouviu o médico murmurar ao telefone:

– Traumatismo craniano.

Felipe deu um pulo, teve um pressentimento e retornou do corredor. "Será que falavam de Mônica?", pensou. Encostou-se ao lado da porta e ficou a escutar a conversa. Sabia que aquilo era errado, mas a curiosidade superava qualquer regra de discrição. O médico falava muito baixo, mas dava para ouvir se colasse o ouvido na madeira e prestasse muita atenção.

– Não, não! Será às cinco horas da tarde. Aqui mesmo, neste hospital. Mas o estado da menina é muito grave. Eu acho que não irá adiantar intervenção cirúrgica, mas os pais insistem. Como? É Mônica Barner da Silva. Treze anos. E aqui na ficha consta: "Problema cardíaco sério". Não se preocupe. Está confirmado então. Qualquer dúvida com a cirurgia, você deixa um recado na secretária. Está bem. Tenha um bom dia!

O médico pôs o telefone no gancho e saiu pela mesma porta por que tinha entrado. Felipe estava branco e com o coração em disparada.

Agora tinha uma certeza: Mônica corria sério risco de vida. Resolveu voltar para o quarto. Quando chegou, soube que Mônica fora levada para a unidade de terapia intensiva, pois tivera uma crise convulsiva.

E já terminava a tarde quando retornaram. Mais precisamente, eram quase seis horas da tarde quando chegaram em casa. Exatamente vinte e quatro horas depois, estaria se realizando o procedimento que poderia salvar ou não sua amiga.

16

A HORA DA VERDADE

Felipe refletia, deitado de bruços em sua cama, fitando o visor do relógio digital em sua escrivaninha. Eram onze horas da noite e ele ainda não pregara o olho. Estava pensando em tudo o que havia acontecido até ali desde quando saíram da cidadezinha do interior para vir à cidade grande. Como estranhou esses prédios, carros, fumaça, ruídos, coisas da urbanização! Então ele chegou no novo colégio, entrou na sala de aula e deparou-se com aquela menina sentada lá no fundo. Ela não chamou sua atenção por ser bonita, nem mesmo por ostentar aqueles belíssimos olhos por onde transbordava uma paz inexplicável. Talvez ela fosse especial, exalasse uma energia especial, Felipe não sabia bem ao certo. Só sabia que, quando a viu, sentiu algo diferente, uma alegria, uma serenidade espalhando-se pelo seu corpo. Ele não havia ficado apaixonado. Ele havia ficado encantado, fascinado. Uma coisa era certa: Mônica era mesmo diferente de todas as outras meninas que até então conhecera. Refletindo sobre isso, Felipe adormeceu quase a uma hora da manhã. Quando acordou, os raios solares atravessavam a cortina, clareando todo o quarto.

Desanimado, acordou e foi para o colégio. Cabisbaixo, assistiu a uma aula interminável e cansativa, tendo que aturar seus colegas fazendo perguntas sobre Mônica e sobre o ocorrido, que virou fato de jornal e deixou a todos curiosíssimos.

Felipe não tinha um pressentimento dos melhores. Chegou em casa, mal almoçou e já foi para o seu quarto. Estava na hora de pensar em tudo o que acontecera. Ele se preocupou apenas com Mônica, mas pouco parara para lembrar a causa de tudo isso. A primeira coisa que lhe veio à cabeça foi o cachorro bravo. A irresponsabilidade do pessoal do canil municipal, permitindo que um animal raivoso fugisse e saísse pelas ruas perseguindo pessoas indefesas. Onde estaria ele agora? Vai ver, continua zanzando por aí, espalhando a doença. Já que os funcionários foram irresponsáveis o suficiente para deixar um animal de alta periculosidade escapar, não se surpreenderia se o procurassem com a mesma eficiência.

Mas, ao mesmo tempo, sentiu uma grande pena do animal. Um ser vivo, assim como ele, Felipe, e como sua amiga Mônica, assim como qualquer um. Coitado, estava doente, uma doença sem cura, vivendo naquele canil imundo, em uma sela, como se fosse um criminoso, sofrendo sem donos e sem ninguém que o amasse. E sem entender o louco mundo dos humanos, que, ao invés de seguir a simples regra: "nascer, crescer, alimentar-se, reproduzir-se e morrer", criou um monte de coisas doidas e desnecessárias para piorar suas vidas, como a ganância, as guerras, a poluição, o lixo, as drogas. Poderíamos muito bem viver sem isso. Seríamos como um animal normal, apenas realizando com prazer e alegria a função de viver. E uma coisa é certa: qualquer animal, em sua vidinha calma e simples, é mais feliz que um ser humano.

Felipe também se lembrou do Senhor José, o trabalhador que o havia ajudado. Parecia ser uma pessoa feliz na sua pobreza e simplicidade. Vivia sozinho, parecia não ter preocupações sérias e demonstrou ser uma pessoa boa. Às vezes, essas pessoas dispostas a ajudar aparecem na nossa vida para auxiliar em alguma coisa. Senhor José foi uma delas e Mônica também. Ela não ajudou em nada especificamente, mas, no geral, depois de ter conhecido Mônica, Felipe passou a ver a vida de uma forma diferente, mais pacífica, mais azul, assim como seus olhos, pois descobriu o dom que certas pessoas têm de exalar felicidade. E Felipe continuava refletindo...

Já eram quatro horas da tarde, Mônica já devia estar se preparando para a cirurgia. Ainda estava inconsciente, mas, se tudo desse certo, ela ficaria boa. Felipe concentrou-se e começou a rezar. Tinha esperanças de que sua amiga se recuperasse, mas, por vezes, aflorava um pressentimento terrível.

17

Nunca desista

Chegou a hora da cirurgia e, com ela, veio a angústia e o medo. Felipe não sabia se assistia à televisão para relaxar um pouco, se rezava ou se ficava parado vendo o tempo passar. A cirurgia poderia durar horas. Quando tivesse o resultado, a mãe de Mônica ligaria. Ela sabia como o menino estava preocupado. O tempo foi passando vagarosamente. Eram sete horas da noite, e nada. Depois eram oito, depois dez, e ainda nada. As horas arrastavam-se e Felipe continuava na mais absoluta ausência de notícias. Sentado no sofá e exausto de tanta expectativa, preparado para atender ao telefone a qualquer toque, Felipe adormeceu.

Quando acordou sobressaltado, percebeu que estava em sua cama. Havia tido um pesadelo horrível. Sonhara que ele estava diante de um vidro imenso como uma muralha e Mônica estava do outro lado do vidro, olhando para ele, parada, sem dizer nada, e ele tentava a todo custo aproximar-se dela, mas o vidro o impedia. Ele ficou angustiado, começou a gritar e tentar quebrar o vidro a chutes e murros, mas era inútil. Ele ficava cada vez mais nervoso e agitado. Começou a atirar-se contra o vidro, até que, finalmente, ele se quebrou em milhares de cacos pontudos. Mas quando ele percebeu, não estava do outro lado do vidro, como deveria estar. Ele estava caindo, como se caísse num buraco sem fundo.

Era só isso que Felipe lembrava do sonho. Ao levantar-se da cama, Felipe percebeu que os lençóis tinham uma grande poça de suor. Com certeza, era resultado da agitação que o pesadelo havia causado. Ele esticou o pescoço para ver o visor de cristal líquido do seu relógio digital e assustou-se ao ver que já eram oito horas. Estava atrasadíssimo para o colégio! Mas precisava, antes de tudo, saber se os pais tinham notícias da cirurgia.

– Mãe! Pai! – exclamou Felipe ao chegar na sala, onde os pais conversavam.

– Filho! Você acordou! Eu não quis acordá-lo antes para ir ao colégio, porque você foi dormir tão tarde! Coitadinho, estava tão preocupado... – explicou a mãe.

– Mãe, e a Mônica? Tens alguma notícia? – perguntou Felipe indo direto ao assunto.

Um semblante de pânico estampou-se na face da mãe de Felipe. Estava visivelmente preocupada. E, entreolhando-se com o marido, colocou as mãos nos ombros do filho, começou:

– Bem, meu filho. Você deve imaginar como uma cirurgia no crânio é complicada. Bem, você sabe... Não vou esconder nada de você. Os médicos achavam que a cirurgia era perigosa e oferecia riscos, além de, talvez, não resolver o problema. Foi um processo de oito horas, muito delicado. Ligamos para o hospital hoje cedo, antes de você acordar, e... bem... – continuou a mãe, hesitante, mas respirou fundo, encarou o filho e despejou:

– Ela não resistiu.

Felipe sentiu uma raiva incontrolável tomar-lhe o corpo, uma espécie de revolta, ele não sabia definir. O garoto não disse nada, apenas correu com toda a rapidez que suas pernas permitiam, chegou no quarto e bateu a porta, fazendo o edifício todo estremecer.

– Não! Não pode ser! Não pode! Não pode! Não! Depois de tudo isso! Não mesmo! Depois de tudo que eu fiz para salvar você, você vem e... morre! – sibilava Felipe entre os dentes enquanto botava sua raiva para fora, esbofeteando o travesseiro.

Então, ele parou, caiu na cama por cima do travesseiro e dos lençóis revirados e um choro violento brotou de dentro de si. Começou a chorar compulsivamente, aos berros, assim como um bebê que está aprendendo a caminhar e de repente cai de cabeça no chão duro. Felipe não estava acostumado com a morte. Ele nunca havia passado pela experiência de perder alguém tão querido. Isso o assustava, ele era muito sensível. Só então percebeu que era sem sentido xingar Mônica, pois obviamente ela não teve escolha. E o culpado fora ele, que saiu com ela à noite, contra a vontade de seu pai, e foi aí que começou toda a história. Por culpa dele e de sua teimosia. Ele estava inconformado, sentia uma dor insuportável. Foi para a janela tentar assistir ao movimento rotineiro da cidade e percebeu que o céu estava exatamente com a mesma tonalidade dos incríveis olhos azuis de Mônica... Era uma coisa estranha, como se ela o espiasse lá de cima. De repente, Felipe sentiu algo latejando dentro de si, dentro de sua cabeça. Era como se alguém sussurrasse: "Eu estou bem, não se preocupe. Não se deixe abater, você não teve culpa. Não desista. Siga em frente. A vida continua... Foi mais uma etapa da minha vida que passou. E que você, Felipe, também vai passar um dia. Todos passam. Cada um a seu tempo..."

Sentindo uma forte vibração, Felipe deu um pulo e olhou para todos os lados para ver se havia alguém ali. Mas o quarto estava vazio.

– Filho! Você está bem? Mesmo atrasado você tem que ir para o colégio, vá se arrumar logo! – chamou a mãe lá da sala, interrompendo esse instante mágico.

Felipe não respondeu. Não tinha a mínima vontade de ir para o colégio. Antes de ir trocar de roupa, deu uma última olhada pela janela. E, num relance, ele teve a impressão de ter visto dois pontos nítidos no céu, mais azuis e mais brilhantes do que qualquer coisa, como se fossem olhos. Foi por um décimo de segundo, mas, mesmo assim, no momento em que Felipe achou que havia visto aqueles olhos, uma sensação de paz, igual àquela que sentira quando vira Mônica pela primeira vez, só que mil vezes mais forte, tomou conta de si, de sua alma. E era uma sensação tão boa e tão profunda, que nunca mais o abandonou.

CALABRIA
Artes Gráficas
☎ (51) 3245-7200